Ma meilleure c

Illustrations : Isabelle Charbonneau
Coloration : Isabelle Charbonneau et Espace blanc design & communication
Texte : Danielle Lalande et Manon Bergeron

Gouvernement du Québec - Programme de crédit d'impôt pour l'édition de livres - Gestion SODEC

Dépôt légal 1er trimestre 2005
ISBN : 2-89595-072-5 • Imprimé au Canada

Mon amie Sophie habite la maison voisine.

Parfois, les copains se moquent de moi parce que je joue avec une fille. Cela me rend un peu triste…

Mais j'oublie très vite, car je m'amuse tellement avec elle !

Sophie est vraiment géniale…
Elle grimpe aux arbres, comme moi.

Elle plonge dans la piscine, comme moi.

Elle est habile sur la planche à roulettes, comme moi.

Elle fait des cascades à bicyclette, comme moi.

Elle me donne des trucs
pour dessiner des monstres horribles.

Bon, parfois, on joue à des jeux de filles.

Mais c'est seulement pour lui faire plaisir.

Ensemble, on réussit à faire les plus
beaux châteaux de sable au monde !
Oups ! ¡'ai écrasé une des tours...

Je la console lorsqu'elle est triste.

Je suis content lorsqu'elle est contente.

Attends ! Attends !
Je peux l'essayer une minute, ta trottinette ?

Je lui confie des secrets.
Elle sait m'écouter et me comprendre.

Je suis toujours prêt à l'aider quand elle a besoin de moi.

Je suis là pour la secourir
lorsqu'elle a peur des grosses bestioles.

Quelquefois on se dispute,
mais cela ne dure pas longtemps.

On se réconcilie et on redevient amis.
Comme maman dit : « C'est irremplaçable, les amis. »

Sophie est une fille super,
et c'est vraiment ma meilleure amie !